超絶短詩集　秘剣まぶさび　篠原資明

もくじ

II　フィネガンズ・ブレイク

III　般若心経秘剣

I

時事騒然

儺く異相

ころ大差め

かん　戦傷

焦土　く

きゅー　清酒

感染症消毒救世主

アマビエ祈願復活

魔冷え
ん
喝

あ
飢餓
ふっ

がく
利
墨

益
かく
ぬ

ほ　除菌

ぴん　羽根

万炎亡　し

補助金ピン撥ね蔓延防止

宮　んまぁ

くー　出たぁ

控訴　く

ミャンマークーデター拘束

ねっ　戸

火　ぼー

中止　よー

垢　うんと

ネット誹謗中傷アカウント

し　酔う天涯

点　ぽ

いざ　蚊帳

商店街店舗居酒屋

堪忍　ぐ

矢　ふー

にゅー　死

台　がく

カンニングヤフー入試大学

虚撃つ　う

手　すと

察　えい

しゅっと　憂

共通テスト撮影出頭

お　ミクロン

汗腺　ぞー

ぴー　籤

ちん　成果

オミクロン感染増ピーク時沈静化

ね　揚げ

ちん　揚げ

しゅんと　得

値上げ賃上げ春闘

ばた

傭軍

ま

嘉吉

し

付点

今日消ゆう

お暮れ

呪よー

櫃ぱく

供給遅れ需要逼迫

羽觴　こっこ

血　すー

苦言　ふ

国交省数値復元

銃　ちん

は　×

噴かん　よー

平素　く

重鎮派閥不寛容閉塞

ぼー　くちん　ぽ　痰

世　輪　剣　は

予防ワクチン健保破綻

ん
居留守
ぷく

剣士
う
栓

ぽ　棒　ぱん

餡　こく　芯

安保国防侵犯

魔
お
うわ

みし
雪
詩よ

三島由紀夫昭和

29

ぼ　遺骨門

きゃん　競る

ばっ　寝具

ボイコットキャンセルバッシング

河豚う

ぐー鱈

鮒とぎょ

不遇ぐうたら船渡御

巣　めら

し　后

交互　う

皇色彩皇后

苦《きら》

鳥《おっ》

毛《ふぬ》

あ　盆　戒

実　い　っ

栗　へ　こ

クリミア併合黒海

毒サイコ　く

こく　輩

武者　く

独裁国国連無策

酢　ぽこん

巣　ぱこん

あら　粗衣

戸無き

ひっぶー忍

ヒットブーム人気

笑む天護き饌

ぴーに鯛お

PM二・五大気汚染

教授　ん

快著　う

かん　知酔う

繰り来る　む

うぃ　妙

恭順会長館長クリクルムウィタエ

II

フィネガンズ・ブレイク

う
蝶
蝶

践祚
おー
ぽんと

川走王朝先斗町

解散　ま

黄泉　ひょー

魔　くら

魔界山票読み鞍馬

ぼっ　規律

起立　ぼいん

銭湯　ごしょ

勃起立桐壺院仙洞御所

愚痴と歌
猫と歌
えい

ほ
か
火

火口燈太金子兜太比叡

慶賀　わい　し

ふー　先　恭賀

風鶏賀幸い京菓子

か　異境

エゴ　ころ

む　泣いた

魔供退く　に

ぱん　銅鑼

きーん　聖堂

ばん　強説

ぶ　雷波

サイコ　うほー

万恐節無頼派最高峰

苦汁　ん　あ

ふ　蝦蟇　飯

おー　八百屋

よ　胡蝶

に　四季

王やおや横丁錦

ごく｜常時有事

か｜擬似有事

銃｜じろ

極上十字鉤十字十字路

う　我宇宙

内湯　う

遊歩　ね

雨が雨中宇宙湯舟

粉掃く　がさ

ば　毛の川

どー　仏縁

琥珀傘化けの皮動物園

や　甦生

よー　盟主

背負うて　ん

耶蘇性養命酒昇天

きゃきゃ　別さ河馬

し　面食えん

あ　花鳥狆

キャキャベツ酒場失楽園赤提灯

場近い　ちか

ぴ　渦中

蚊　ちゅー

八か一かピカチュー渦中

点　酒　うひ

うちょー　あ　湯

有朝天朝明夕陽

か　猥ら身

か　弥陀の身

たら　福

神鱈み神頼み鱈腹

栄枯 く

えい 護剣

ふん 義理

英酷英語圏踏ん切り

ぼー　健啖

ぐる　目

杭に　げ

亡険譚グルメ食い逃げ

ちちち　被衣
香　ずき
きゅー　淫

乳近づき被衣吸引

ちゅーちゅー　獄落

かん　死

朽ち戸　め

ちゅーチューゴク楽監視口止め

票田差くしゃ

ば異臭

通せん

豹伝作者買収当選

老老呼　うぇん

か　以後

む　柵

嗅げたか　ぼー

香　げ

神　がた

影高帽影髪型

怨大恨念　ぞー

業　ぶく

拭くまで　ん

鉛大根念像降伏伏魔殿

きゅー　欠乏零

尻　ぼー

ぼ　憂い

吸血亡霊欠乏亡霊

頓首　う

意趣　う

太守　う

きゃっ 鍵

非拠 く

虚 くしょ

却下着秘曲局所

さ　河馬登院

か　罵倒院

当為　ん

酒場党員河馬登院登院

床
音
子

うおお
め
ひょっと

魚男夫婦火男

すい
ひょー
うお

鯤
龍
火

う　蠟　我

よ　ー　や

灰　ほ

棄文士

酔い

門に伏す

いー

ま

ふ

紋

慰問

苦悶

へいへい

か

ぎょ

閉塀門開門玉門

斬黒剣士　ん

牙　むしゃ

か　武器

しゅ
うう
幻日

急逝
主
ひ

丘世主驟雨非現実

ひ　濃く咳

拳固　く

かん　罰

干告席原告旱魃

法爾よ嘘消し　ん

未知　ばた

き　布陣

芳尿素化身道端貴婦人

野心巣
芯
ごり

く
や
姦

垢ヤシンス野心寒垢離

し　御加減

影　ん

序　うじょ

潮過現加減乗除

III　般若心経秘剣

かん　時坐位

ぼさ　次ぎ用心

範　にや

はら　満つ多自

観自在菩薩行深般若波羅蜜多時

し　用剣後

うん　海空

何奴　さ

逝く　や

くしゃり　死

照見五蘊皆空度一切苦厄舎利子

死期不意　くー

くー　不意死期

し　気息

絶句　う

くー　祖

く　絶死期

色不異空空不異色色即是空空即是色

呪詛　う

仰死　き

焼く　ぶ

に　世絶

射利　し

絶し世　ほー

空疎　う

受想行識亦復如是舎利子是諸法空相

臥し妖婦　めっ
ふ　苦
婦女　う
ふ　臓腑
現世　こく
宇宙　む
し　気

不生不滅不垢不浄不増不減是故空中無色

む 樹霜凝視

き 無限に美

絶瞋恚 む

し 奇勝湖生み速報

無受想行識無眼耳鼻舌身意無色声香身触法

む　眼下異な石

む　石奇怪

むむ　妙

無眼界乃至無意識界無無明

や　汲む無味用心

な　石室憂し

や　汲む老詩人

亦無無明尽乃至無老死亦無老死尽

無垢	しゅー
め	集う
む	茶汲む徳
斎む	し
よ	独鈷
ぼ	台去った

無苦集滅道無智亦無得以無所得故菩提薩埵

絵範　にや

はら　満つ多己心

む　刑下

む　刑下込む

浮く　ふ

依般若波羅蜜多故心無罣礙無罣礙故無有恐怖

オンリーっ　さ

異天ドーム　そー

くき　酔う寝半

惨絶し世　ぶつ

遠離一切顛倒夢想究竟涅槃三世諸仏

絵範	にや
はら	満つ多己
解く	あ
退く	たら
惨身焼くさ	ん
ぼ	台

依般若波羅蜜多故得阿耨多羅三藐三菩提

子ち

範にゃ

はら満つ多

是だ異人しゅ

是だ異名しゅ

故知般若波羅蜜多是大神咒是大明咒

む　しゅ　む　しゅ　うじょ　く

是　滋養　是　戸打とう　野　一歳

是無上呪是無等等呪能除一切苦

芯　じっ

ふ　子超せっ

範　にや

はら　満つ多酒

祖苦節　しゅわっ

真実不虚故説般若波羅蜜多咒即説咒曰

ぎゃ　当てい

ぎゃ　当てい

はら　義

や　当てい

は　裸相

ぎゃ　当てい

掲諦掲諦波羅掲諦波羅僧掲諦

字 果 にや う

ぼ そわ 範 真魚

菩提薩婆訶般若心経

あとがき

まぶさび、とは、「まぶしさ」と「さびしさ」をかけ合わせた、ワタシの造語である。この造語には、さまざまな思いが込められてきた。いちばん単純なのは光る滝のイメージだろう。タイトルの「秘剣まぶさび」とは、この光る滝を、いわば剣へと打ち鍛えたものだ。

本詩集の発想の原点には、空海の『般若心経秘鍵』がある。般若心経の言葉を解釈する空海が、仏などの尊格を自在に飛びかわすさまに、驚嘆したのである。ワタシも、せめて言葉を剣のまわりに飛びちらせてみたい。そう妄想したのである。

超絶短詩とは、一つの語句を、擬音語・擬態語を含む間投詞と別の語句とに分解する詩型で、すでに三〇年近く前から提唱し実践してきた。今回は、各ページに、語句をいくつか組みあわせたものを縦一列に配列し、それを分解した超絶短詩を、縦線の左右に配することにした。いちおうの数え方としては、一ページに一詩篇となる。

超絶短詩に分解するもとの語句の選択法に応じて、本詩集は三部に分かれる。第Ⅰ部の「時事騒然」では、おもに同時代の時事ネタから選んである。第Ⅱ部の「フィネガンズ・ブレイク」では、ジョイスの『フィネガンズ・ウェイク』（柳瀬尚紀訳）から、各ページに一語選んだ上で、その下に適宜二語を付けあわせた。第Ⅲ部「般若心経秘剣」では、般若心経の文字列を、そのまま用いてある。

『フィネガンズ・ウェイク』から選んだのは、それが超絶短詩の対極にあるからにほかならない。よく知られているとおり、『フィネガンズ・ウェイク』は、複数の語をカバン語として凝縮しながら書きつづけられた。いわば、凝縮の詩学の最高峰である。対するに、超絶短詩は、分解に徹する。いわば、分解の詩学の最短峰（？）だ。勝手ながら、つねづね最大のライヴァルと仰いできたジョイスに、まずは挑戦してみたかったのである。

ともあれ、このようなかたちで、同時代と、ライヴァルと、空海と、それぞれ出会いなおすことになった。そして今回も、上梓にあたり、知念明子さんをはじめとする七月堂の皆さんにお世話になることとなった。また超絶短詩集かと、本人も含め、思わぬでもないが、継続は力ですよ、という知念さんのお言葉を励みに、踏みきることとした。思えば、最初の超絶短詩集『物騒ぎ』（一九九六年）以来、いったい何冊、出していただいたことか。お礼の言葉もないほどだが、あらためて感謝の気持ちを捧げたい。

篠原資明

超絶短詩集　秘剣まぶさび

二〇二三年二月三日　発行

著　者　篠原資明《しのはらもとあき》

発行者　知念　明子

発行所　七　月　堂

〒一五四—〇〇二一　東京都世田谷区豪徳寺一丁目—二—七

電話　〇三・六八〇四・四七八八

FAX　〇三・六八〇四・四七八七

装　幀　菊井崇史

印　刷　タイヨー美術印刷

製　本　あいずみ製本

Printed in Japan

ISBN 978-4-87944-516-2 C0092

乱丁本・落丁本はお取り替えいたします。